Léon CHAMBOISSIER

LA POSTE

à travers les Ages

ÉDITION DE LA FÉDÉRATION PHILATÉLIQUE DE FRANCE

3o, Rue de Grammont, 3o, Paris

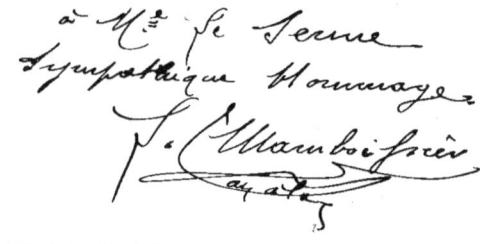

CONFÉRENCE

DE

M. LÉON CHAMBOISSIER

Avocat à la Cour d'Appel

Sur sa Collection de pièces de Poste en métal

AVEC DESCRIPTION DE CHAQUE OBJET

Faite le 22 Janvier 1909

AU LECTEUR

Cette Conférence faite sous les auspices de la FÉDÉRATION PHILATÉLIQUE DE FRANCE n'avait pas été primitivement destinée à l'impression. Le succès qu'elle rencontra et le bienveillant accueil que lui fit la Section philatélique de la Fédération, firent naître au sein du Conseil le désir de la faire publier, ce dont je le remercie.

C'est donc pour lui donner satisfaction que cette publication a lieu. Aussi, je prie le lecteur d'être indulgent et de vouloir pardonner bien des choses dûes à la rapidité de sa conception.

Pour faciliter la recherche des objets décrits, j'ai dû les numéroter sur les planches reproduisant l'ensemble de ces cadres. — Je prie le lecteur de vouloir bien, au cours de sa lecture, se reporter aux numéros indiqués dans le texte.

L. C.

Messieurs et Chers Collègues,

Quand vous suivez la rue Drouot, pour aller au Boulevard, vos regards sont attirés à droite par la vue d'un grand immeuble au style grec qui occupe tout le quadrilataire compris entre la rue Grange-Batelière, la rue Rossini et la rue Chauchat. C'est l'Hôtel de MM. les Commissaires priseurs de la Ville de Paris, plus connu sous le nom de **Hôtel des Ventes**. Sa façade sur la rue Drouot n'a qu'une seule ouverture qui est une grande porte à doubles battants facultatifs. Mais à gauche et à droite de cette ouverture se trouvent de grands cadres sculptés dans le mur couverts d'affiches aux couleurs variées. Le public arrêté lit ces affiches et vous faites de même. Et vous voyez annoncée la vente de telle et telle collection. Tout s'y vend et la variété des collections ne manque pas d'étonner les curieux.

Autrefois, en effet, les ventes affichées étaient plus spéciales. Les collections ne comprenaient que des galeries de tableaux en général et des objets d'art. Mais, aujourd'hui, tout est prétexte à collections et toutes y sont l'objet de ventes spéciales avec catalogues illustrés luxueusement et grande publicité.

Nous sommes en réalité au siècle des collections.

Comme tout ce qui flatte les goûts de l'humanité, l'amour des collections est aussi ancien que le monde : Les Egyptiens collectionnaient les gemmes et camées artistement sculptés qui représentaient les divinités de leurs temps. Les Grecs, si amoureux de l'Art, ne collectionnaient que dans l'intérêt du public. La gloire d'un artiste était pour eux le patrimoine de tous et on n'eut pas admis volontiers que ses œuvres fussent enfouies dans une collection particulière. C'était les temples et les autres monuments publics qui étaient décorés des chefs-d'œuvre qu'ils achetaient à grands prix.

A Rome lorsque la conquête et le pillage de la Grèce y eurent introduit le goût des beaux arts. quelques vieux Romains et Verrès entre autres pour leurs plaisirs personnels réunirent des collections de statues et de tableaux. Ce goût se répandit vite et ainsi tous les chefs-d'œuvre qui faisaient autrefois l'orgueil des villes grecques passèrent successivement en Italie. Et, est-il besoin de le dire, il s'en fit, comme de nos jours une multitude de copies.

Mais, le goût des collections est le privilège

des peuples civilisés pendant les époques de paix et de prospérité. Pendant le moyen âge la fureur et l'ignorance des barbares ne firent que disperser et détruire les collections de toutes sortes. L'aveugle prosélytisme des chrétiens qui ne voyaient souvent dans ces chefs d'œuvre réunis que l'image du démon y contribua aussi beaucoup. Les productions des peintres et des sculpteurs ne furent guère employées qu'à la décoration intérieure et extérieure des édifices religieux.

Au xvi° et au xvii° siècles, les Italiens Laurent de Médicis, le Cardinal Léopold de Toscane, Raphaël, etc., firent renaître le goût des œuvres d'art. Mais, ce n'est guère que sous Louis XIII, que le goût des collections prit quelques développements en France. Henri IV, avec son expert Chaduc, avait donné l'exemple. Et au xviii° siècle le nombre des collectionneurs devint considérable. La Révolution de 1789 vint arrêter cet essor. Les événements étaient trop graves pour s'occuper de flatter ses goûts personnels. L'égalité devait s'étendre sur tout et les richesses privées ne pouvaient plus être le privilège de quelques-uns.

Une fois le trouble disparu, l'humanité reprit ses droits et l'on se mit à collectionner les produits de la nature... Les voyages avaient provoqué ce goût. Ils ne coûtaient pas cher et ils faisaient connaître un grand nombre de beautés naturelles restées inconnues jusqu'alors. Presque toutes ces collections se plaçaient sous la protection de la Science.

Mais le goût se développant, les collections embrassèrent un peu tous les objets et vers 1869 on en était à réunir toutes sorte d'objets divers depuis les objets les plus extraordinaires tel que : tabatières, bretelles, lunettes, chaussures de bal, etc., etc., jusqu'aux choses les plus utiles. La guerre de 1870 vint amener un temps d'arrêt qui, aussitôt le désastre passé, disparut pour faire place à un nouvel essor qui n'a aujourd'hui plus de limites. Et si, comme l'a écrit ce curieux bien connu M. Feuillet de Conches : « toutes les collections quelqu'elles soient ont leur côté utile et les moindres débris peuvent servir la science » ; celle-ci doit être bien servie.

Nous sommes, en effet, je le répète dans un véritable siècle de collections. Il faut avouer aussi que ces assemblages sont très souvent amusants à ravir et autrement piquants que les belles collections d'Estampes qui demandent beaucoup de connaissances et un examen très minutieux. Je suis moi-même un de ces collectionneurs fantaisistes qui quittent les sentiers communs pour former une réunion de choses anciennes mais peu connues. Cette idée m'a été inspirée par la collection nouvelle : Celle des timbres poste. Elle est toute nouvelle, puisque les timbres ne remontent qu'à 1849 et qu'il était difficile de collectionner une chose qui n'existait pas. Mais ses nombreux attraits l'ont fait adopter par tout le monde et dans l'univers entier le nombre des collectionneurs de timbres-poste est infini. Les marchands ne suffisent plus à subvenir à leurs besoins. Il faut des ventes publiques. Depuis plusieurs années il y a toutes les semaines des ventes à jour fixe à l'Hôtel des ventes. Nous en devons l'initiative à notre sympathique Président qui, à sa qualité de grand collectionneur joint celle non moins importante de grand expert. Et de grandes ventes de collections très complètes dont les prix se chiffrent par centaines de mille francs attirent les grands amateurs et marchands étrangers. Les premières affiches de ces ventes ont beaucoup étonné il y a 5 ou 6 ans le bon public qui s'arrêta rue Drouot. Personne ne songeait jusque là à voir ces collections affronter le feu des enchères.

Mais une collection nouvelle en appelle une autre. La collection de timbres a donné naissance à celles des marques postales, signes dont l'Administration des Postes frappait tout ce qui passait chez elle avant la création du timbre-poste. Après celle-ci est venue celle des documents postaux de toutes sortes, tels que : lois, décrets, édits royaux, arrêts des parlements, postes des armées, législation des maîtres de poste, des franchises, circulaires, etc., etc. De là, à réunir tous les livres : annuaires, almanachs, dictionnaires ayant trait à la poste il n'y avait qu'un pas, ce pas a été franchi. Aujourd'hui il y a des bibliothèques ne contenant que des ouvrages uniquement postaux. A ce compte on peut aller loin, me direz-vous, on peut collectionner tous les objets d'habillement des anciens postillons, maîtres de poste, facteurs, coches avec leurs montures, harnachement, etc., etc. Evidemment, toutes ces collections peuvent exister et je serais très heureux d'en connaître les propriétaires, car outre les difficultés qu'ils ont dû avoir pour découvrir tous ces objets, il doivent être quelque peu embarrassés pour classer tout cela.

J'ai touché un peu à ces spécialités qui font revivre pour nous l'ancien temps. Mais je me suis arrêté aux choses en métal qui ont pu résister d'avantage à l'action du temps et que, en raison de leur nature, j'ai pu trouver plus facilement. Le nombre cependant en est encore bien petit, et à part une médaille commémorative de l'installation des Postes à Rome sous Nerva, je n'ai rien trouvé d'antérieur au règne de Louis XV.

Avant de passer à la description des tableaux où j'ai réuni et groupé par espèces et époques toutes ces pièces, je dois vous faire connaître que le terme Poste comprenait, dès le début, la Poste aux chevaux, les Messageries et la Poste aux lettres. Louis XI, qui la créa par édit, signé au donjon de Luxiés, aujourd'hui Lucheux, près de Doulens (Somme), le 19 juin 1464, l'avait appelé « Office des maîtres des coureurs de France ». Cet office n'avait été institué que pour le service du Roy et n'avait d'autre but que d'organiser, de quatre lieues en quatre lieues, des dépôts de chevaux ou relais pour permettre aux messagers ou envoyés du Roy de fournir des courses rapides, en y changeant leur monture. Néanmoins, ce premier établissement de courriers fut très bien établi. Et rien ne fut changé sous les règnes suivants, pendant plus d'un siècle. La direction, confiée à un contrôleur général des Postes, en 1581 passa au Général des Postes, M. de Varanne en 1608, pour être ensuite remise à trois surintendants généraux des Postes et relais de France en 1629. Mais les attributions n'avaient guère changé. Hen-

ri IV avait bien, en mai 1598, établi des relais pour le bien de son peuple ; mais, dès l'année 1602, ils furent supprimés à cause des abus qui s'en étaient suivis et réunis aux Postes sous la direction et la responsabilité unique des anciens maîtres de Poste. C'est de là que part l'organisation de la Poste aux chevaux.

Richelieu, qui vint ensuite, fut le véritable créateur de la poste aux lettres. Il mit définitivement le service à la disposition du public. Et, dès 1622, les courriers partent à jour fixe, soit deux fois par semaine, et un tarif régulier est imposé en 1627. Il créa les services des objets précieux et réglementa la taxe et les franchises. Louis XIV, le 3 décembre 1643, en créant les Messagers royaux, supprima le privilège des Messagers de l'Université établis bien avant l'Édit de Louis XI. Mais il leur paya une indemnité de 40.000 livres.

Le marquis de Louvois, nommé en 1668, « Surintendant général des Courriers, Poste et chevaux de louage », continua l'œuvre commencée. Il s'attacha, dit M. Camille Rousset, son biographe, à mettre plus de régularité dans le service et à y introduire un peu de discipline. Il fut le premier à affermer l'exploitation de la Poste au profit du Trésor royal. Cette première ferme fut accordée en 1672 à un M. Lazare Patin. Elle amena la réunion des Messageries à l'administration des Postes pour éviter les concurrences illicites qui se multipliaient. Enfin le monopole de cette exploitation fut créé au profit de l'État en 1682. Colbert, Claude Lepelletier, marquis de Torcy, le cardinal Dubois, Philippe d'Orléans, le prince de Condé, duc de Bourbon, le cardinal Fleury, le comte d'Argenson, M. Bouillé, comte de Jouy, le duc de Choiseul et le baron d'Ogny se succédèrent dans la Direction des Postes, en y apportant chacun les améliorations que leur suggéraient les besoins du Trésor et quelquefois le bien public. Mais Turgot, qui vint ensuite, avec sa haute intelligence, fit faire un pas de géant à cette exploitation monopolisée, qui commençait à être une source très importante de revenus du Trésor. Il créa les diligences (1ᵉʳ avril 1776) qui devaient être conduites par les chevaux de Poste. Il supprimait ainsi les lentes messageries et les services de relais qui ne furent employés à l'avenir que par les gens fortunés. Sa disgrâce l'arrêta dans ses autres réformes qui eussent assurément hâté la mise en pratique des améliorations qui suivirent.

MM. de Cluny et Rigoley d'Ogny maintinrent cette réforme qui constituait un véritable progrès. Mais ces différentes exploitations, restées sous leur Direction, continuèrent à avoir des règles confuses et précaires jusqu'à la Révolution.

Malgré la tourmente effroyable et les crises terribles qu'elle eût à subir, la Révolution Française donna à ces différents services une organisation définitive et régulière. Les réformes ne se firent pas sans quelques erreurs, mais c'était là une œuvre laborieuse et difficile, et l'arbitraire et le bon plaisir des régimes monarchiques qui avaient jusque-là présidé à nos grandes administrations n'étaient pas faits pour faciliter la tâche.

Ce fut la Convention qui sépara la Poste aux chevaux de la Poste aux lettres pour arriver définitivement à donner à l'État l'exploitation directe de son monopole.

L'Empire, en instituant une Direction générale, plaça plus directement sous la main du Chef de l'État ce service si important.

La Restauration créa des avantages nombreux pour le public. C'est elle qui inventa les lettres recommandées et créa la Poste dans toutes les communes de France. Ce fut là une des plus heureuses initiatives que de créer ce service rural dont l'éloge n'est plus à faire et qui a été copié par tous les États du monde.

Le Gouvernement Provisoire de 1848 amena l'uniformité de la taxe postale que la Monarchie de Juillet n'avait pas voulu accorder. Et ce fut là une louable réforme à laquelle le nom d'Etienne Arago reste attaché.

Et ainsi d'étapes, en étapes, le progrès dans l'organisation de la Poste s'est manifesté au degré que nous avons aujourd'hui atteint. La transformation a été telle que pour dix centimes nous pouvons adresser à toutes nos frontières et même dans nos colonies les plus éloignées quinze grammes de notre prose formulant nos récriminations ou nos félicitations, emportant notre amour ou notre haine.

Si le rouage administratif s'est amélioré au degré de perfectibilité que nous connaissons, à chaque transformation pour ainsi dire, a correspondu un changement général qui a atteint tout le service. Et si nous savons par l'édit de Février 1509, signé par Louis XII qu'à cette date les 120 chevaucheurs de l'Écurie du Roy portaient sur l'épaule les armes du Roy. nous pouvons affirmer que dès cette époque les employés des Postes avaient un uniforme ou insigne spécial. Mais de là à en connaître tous les détails il y a loin. Rien, en effet, ne nous est parvenu à ce sujet. Tous les édit royaux, lois, arrêtés sont muets sur cette partie de l'administration. L'édit de 1597 qui établit les relais pour le bien et l'usage du public, oblige tous les chevaux à être marqués au fer rouge à la cuisse droite de la lettre H et d'une fleur de Lys apparente au-dessus, et à la cuisse gauche de la lettre capitale de la ville, bourg ou bourgade d'où le relais à qui appartenait le cheval dépendait. Ce grand besoin de frapper toutes choses appartenant au Roy du chiffre de sa Majesté devait nécessairement se faire sentir dans la tenue de fonctionnaires dont la création n'avait été faite que pour le service exclusif du Roy. Et les rares enluminures et vieilles gravures qui représentent des Messagers les représentent tous avec un petit écusson sur le côté gauche de leur poitrine représentant les armes de leurs maîtres.

Nous en avons, du reste, la confirmation dans le réglement pour les Messagers de Tholose, du 2 avpril 1629 (archives des Notaires de Toulouse, liasse : Messageries). L'article 18, y est ainsi conçu : « Et affin que les dicts messagers jurés de la ville de Tholose soient plus facilement recogneus, seront teneus pourter chescung l'escusson des armes de ladi ville de Tholose, faisant deffunces à tous autres de prendre ledict escusson, sur la peine susd. »

L'avis au public lors de l'installation de la Petite Poste à Paris par M. de Chamousset en 1759 est le premier document qui nous prouve que cette habitude du costume spécial s'était continuée depuis Louis XII. Il y est dit en effet : « On prélèvera sur cette récompense la dépense de surtouts uniformes qu'on leur donnera à tous, afin de les reconnaître plus aisément s'ils s'amusent dans les cabarets ou autrement pendant leur service ». La raison avouée de ce costume n'est peut-être pas très élevée ni très moralisatrice. Mais l'humanité est la même de tous temps et à cette époque c'était encore un moyen d'obvier à certains abus.

Or, sur ce costume se trouvait une plaque représentant les armes de la Ville de Paris repoussées sur cuivre, c'est le modèle le plus ancien de ma première planche N° 1. Il était doré et assez grand pour couvrir tout le côté gauche de la poitrine où il se portait cousu sur le drap de l'uniforme. La prospérité de cette petite poste amena plus tard la création d'établissements semblables dans diverses villes, telles que : Bordeaux, Lille, Lyon, Nancy, Rouen, Marseille, etc. Le n° 8 de la même planche est la plaque des facteurs de cette petite poste à Lyon sous Louis XVIII. Autour des armes de France se trouve l'inscription suivante, **Poste aux lettres, Lyon.** Elle est d'un format plus petit.

Ces plaques ou écussons étaient alors le signe distinctif de tous les fonctionnaires de l'administration. Mais alors ainsi que je viens de le dire l'administration comprenait plusieurs branches : celle des Postes aux lettres proprement dites qui comprenait uniquement le service des dépêches, lettres et petits paquets ; celle des relais qui était la poste aux chevaux de l'avenir, celle qui devait servir aux transports de tous les voyageurs par les chevaux de poste après Turgot sous le nom de **Diligences** et qui a survécu jusqu'ici ; et enfin les messageries qui se faisaient avec monopole d'un lieu à un autre sans avoir recours aux Maîtres de Poste dont elles étaient complètement indépendantes.

Ces trois catégories avaient un service spécial et conséquemment un personnel différent. Mais tout ce personnel quand il devait s'adresser au Public avait un uniforme ou un signe distinctif. Une ordonnance de Louis XVI du 17 août 1786, nous indique quel était cet uniforme à cette époque. Le voici dans toute sa teneur.

ORDONNANCE DU ROI,

Concernant l'Uniforme que Sa Majesté a jugé à propos de régler pour les Visiteurs Généraux, Visiteurs Ordinaires, Sous-Visiteurs, Maîtres de Poste et Postillons.

Du 17 Août 1786.

DE PAR LE ROI.

SA MAJESTÉ ayant reconnu qu'il seroit utile au service des Postes aux Chevaux, de donner un Uniforme aux Visiteurs Généraux, Visiteurs Ordinaires, Sous-Visiteurs, Maîtres de Poste et Postillons, a ordonné et ordonne ce qui suit :

ARTICLE PREMIER

Les Visiteurs Généraux porteront l'habit uniforme à la Françoise, de drap bleu de Roi, collet écarlate rabattu et arrondi ; les paremens de la même couleur que l'habit seront fermés en botte, et auront cinq pouces et demi de hauteur apparente, la doublure de voile foulé écarlate, passe-poil de même couleur, veste à la Françoise de drap couleur écarlate, et la culotte de même couleur que la veste.

L'habit sera bordé d'une broderie or et argent, de douze lignes de large, conforme au dessin gravé planche première.

Et la broderie de la veste sera réduite à la moitié de celle de l'habit, mais du même dessin.

Les paremens et les poches seront garnis de deux rangs de broderie comme celle de l'habit.

Le collet sera bordé de la même broderie.

Le devant de l'habit sera garni d'un côté jusqu'à la poche, de douze gros boutons de métal doré aux armes du Roi, en or et argent, conformément au dessin gravé planche deuxième.

Il y en aura trois fur chaque manche, et trois fur chaque poche; le derriere de l'habit fera croifé.

Le petit Uniforme des Vifiteurs Généraux fera un frac des mêmes couleurs ci-deffus réglées, le collet écarlate, rabattu et arrondi, et la broderie fera réduite à la moitié de la largeur prefcrite pour le grand Uniforme, avec un double rang fur les paremens, vefte unie à la Françoife, de drap écarlate, ainfi que la culotte, gros et petits boutons, comme au grand Uniforme.

Ils auront une redingotte à l'écuyère de même couleur que l'habit, croifée par devant avec un collet droit de drap couleur écarlate, un grand collet bleu rabattu et brodé comme le deffin du grand Uniforme, paffe-poil écarlate, et gros boutons conformes au deffin.

II.

Le grand et petit Uniforme des Vifiteurs Ordinaires feront des mêmes couleurs et formes que ceux des Vifiteurs généraux, réglé par l'article ci-deffus, excepté qu'il n'y aura qu'un rang de broderie fur les poches et les paremens.

III.

L'habit des Sous-Vifiteurs fera des mêmes formes et couleur que le grand Uniforme des Vifiteurs Généraux et Ordinaires; mais la broderie ne fera que de huit ou neuf lignes de large fur l'habit, et de cinq à fix lignes fur la vefte.

La redingotte comme celle des Vifiteurs, mais sans broderie fur le collet.

IV.

Les Maîtres de pofte porteront un furtout à la Françoife de drap bleu de Roi, collet écarlate rabattu et arrondi, paremens bleu comme le furtout, doublure d'étoffe de laine écarlate, paffe-poil de même couleur, avec un bordé d'argent large de fix à fept lignes fur le collet et les paremens, vefte unie à la Françoife, de drap couleur écarlate, culotte de la même couleur que la vefte, gros et petits boutons blancs aux armes du Roi.

Pourront lefdits Maîtres de Pofte porter fur

les devants et les poches dudit furtout, le même bordé large de fix à fept lignes, preferit ci-deffus pour le collet et les paremens, ce qui compofera alors leur grand Uniforme.

V.

Les veftes des Poftillons feront à l'avenir de drap bleu du Roi, doublure d'étoffe de laine couleur écarlate, collet rabattu et arrondi, de drap écarlate, ainfi que les revers et les paremens, petits boutons blancs, comme ceux des Maîtres de Pofte ; ils porteront fur le bras gauche l'écuffon aux armes de SA MAJESTÉ, lequel écuffon, que l'Adminiftration veut bien leur fournir pour cette fois, et dont ils feront chargés de s'entretenir à l'avenir, fera monté fur un bracelet de cuir où fera imprimé le nom de la Pofte à laquelle ils feront attachés, ainfi que le numéro de leur rang dans chaque Pofte.

VI.

Défend expreffément Sa Majefté aux Vifiteurs Généraux, Vifiteurs Ordinaires, et Sous-Vifiteurs des Poftes aux chevaux, de faire, fous tel prétexte que ce puiffe être, aucuns changemens aux Uniformes réglés pour leur grade; et leur enjoint Sa Majefté, de veiller à ce que les Maîtres de Pofte et Poftillons fe conforment exactement à ce qui est preferit pour les Uniformes par les articles IV et V ci-deffus.

VII.

Défend également Sa Majefté à toutes perfonnes, de quelque état et qualité qu'elles puiffent être, de porter ou faire porter l'Uniforme réglé par les articles I, II, III, IV et V de la préfente Ordonnance: et à tous les Loueurs de chevaux, Conducteurs de pataches, Valets d'auberges, et généralement à tous Poftillons conduifant des Voyageurs, de porter des veftes des mêmes forme et couleur, que celles réglées pour les veftes de Poftillons des Poftes aux chevaux, à peine contre les contrevenans d'être punis exemplairement. A Verfailles le dix-fept août mil fept cent quatre-vingt-fix, Signé LOUIS. Et plus bas, LE BARON DE BRETEUIL.

Comme vous le voyez l'article 5 relatif aux postillons indique dans sa première ligne qu'il y avait déjà un costume pour eux, puisque il y est dit : Les vestes des postillons seront **à l'avenir...** C'est donc qu'elles existaient avant et étaient d'une autre couleur. Et une estampe anglaise que j'ai dans mes collections remontant à 1778, c'est-à-dire huit ans plus tôt montre un postillon français en uniforme avec sa plaque sur le bras, qui n'était peut-être qu'un morceau d'étoffe en forme d'écusson avec un signe quelconque.

Je n'ai pas le modèle décrit dans cette ordonnance. Le bracelet de cuir portant l'impression indiquée a dû par sa fragilité montrer l'inconvénient qu'il y avait à se servir de ce modèle. Et le modèle suivant représenté par les n° 2 de la 1° planche l'a remplacé avantageusement. Ce nouvel écusson en bronze fondu dans un moule donne le nom de la Poste et le n° de chaque porteur. Ces indications ne sont plus sur le bracelet de cuir, comme le voulait l'ordonnance de 1786. Comme pour les types postérieurs, ces écussons étaient les mêmes pour les rares facteurs de la Poste aux lettres. Mais ils le portaient sur le côté gauche de leur poitrine. Je dis rares, parce que à cette époque la Poste aux lettres n'était constituée que très superficiellement. Depuis 1622 que le Général des Postes d'Almeras avait ouvert des bureaux dans les villes principales de Paris, Lyon, Bordeaux, Toulouse et Dijon et placé des commis chargés de la réception et de la distribution des lettres et paquets et de la perception des taxes, le développement de ce service public était allé très lentement. A tel point qu'en 1724 il n'y avait dans Paris que 8 bureaux à 10 facteurs chaque, soit 80 facteurs pour distribuer tous les courriers dans la capitale. Et l'instruction du 25 octobre 1792 adressée par le Directoire des Postes créé par la Convention Nationale pour administrer les Postes contient l'édifiant article suivant : (art. XX).

2° Section... « *Un directeur auquel le directoire ne passe point d'appointement pour un facteur, n'est pas tenu de faire porter les lettres ni les papiers publics à leurs adresses. Dans ce cas les particuliers doivent aller eux-* *mêmes au bureau, ou les y envoyer retirer par une personne qu'ils feront connaître au directeur. Cette distribution doit se faire au guichet du bureau pendant les heures prescrites pour le tenir ouvert au public. Au reste le directeur profitera de toutes les occasions qui se présenteront, il en cherchera même pour faire prévenir les personnes pour lesquelles il aura reçu des lettres de se présenter à son bureau; et lorsqu'il leur délivrera ces lettres, il prendra garde qu'elles ne puissent voir les adresses de celles qui restent à distribuer...*

Et, jusqu'en 1830, la banlieue seule de Paris et les bureaux composés avaient des distributeurs à domicile. Dans les autres bureaux, les destinataires, ou des tiers, venaient chercher leurs lettres aux guichets comme avant 1789.

Bien plus, lors de la création de la **Petite Poste**, à Paris, en 1759, par M. de Chamoussel, il était impossible de se servir de la Poste pour communiquer d'un quartier à un autre. Et c'est pour combler cette lacune que cette création fut autorisée et faite. Avant, c'étaient les domestiques, commissionnaires, employés, etc., qui allaient pour chaque particulier porter une missive ou chercher une réponse. Et il fallut que le fondateur promît de donner une partie de ses bénéfices à cette fraction de la populace qui allait ainsi être privée de son gagne-pain accoutumé, pour obtenir l'autorisation demandée.

Aussi, ne trouve-t-on aucun écusson avec un signe spécial indiquant que les fonctions de ces facteurs sont rurales ou urbaines, etc. ces écussons sont les mêmes que ceux des postillons.

Voici, cependant, planche 3, n° 1, un écusson en bronze fondu un peu moins oval et moins grand que ceux des Postes que je viens de montrer, n° 2, planche 1, qui porte dans une banderolle en relief : « **Messageries roiales** », en creux et au dessous de la banderolle *1782*, gravé. A mon avis, cette plaque devait appartenir à un service spécial du Roy. Et les personnes affectées à ce service devaient porter cet écusson au bras pour ne pas être confondues avec les Messageries

royales s'occupant spécialement des besoins
du public.

La Révolution, si soucieuse de ses préro-
gatives et des nouveaux signes protecteurs
et propagateurs de ses idées nouvelles, ne
songea nullement à les imposer aux fonctionnaires de ses administrations. Ses papiers
étaient couverts de vignettes rappelant ses
aspirations. Et ses cachets officiels témoignent de la même préoccupation. Mais je
n'ai rien trouvé de relatif aux signes des employés des Postes. Et les quelques plaques
de ma collection prouvent qu'aucun type
officiel n'existait.

Si au fond, elles représentent les mêmes
attributs, elles diffèrent toutes l'une de l'autre,
ainsi que vous pouvez en juger par les 3 groupées en carré au milieu de la planche n° 1.

Celle de droite avec **R. F.**, n° 6, est la plus
commune. Elle semble avoir été adoptée par
la plupart des Maîtres de Poste. C'est celle qui
se trouve au Musée Carnavalet.

Vous remarquerez celle de gauche, c'est
celle d'un patron de barque de Poste qui faisait le service sur le canal du Midi. Cette
pièce, d'une rareté exceptionnelle, est posté-
rieure à la Révolution.

Le Directoire des Postes lui-même, créé
par la Convention Nationale, ne s'en pré-
occupe pas, car dans l'Instruction du 25 octobre 1792, que je viens de citer, il ordonne
que : *Tout facteur sera tenu de se procurer
à ses frais et de porter pendant qu'il fera son
service un écusson dont le modèle lui sera
remis par les directeurs (cet écusson doit être
en tout conforme à celui qui sera indiqué par
l'article suivant pour les courriers.)* Et à l'article
suivant nous voyons que : « *tout courrier ou
piéton sera tenu de se pourvoir à ses frais d'un
écusson en drap rouge bordé de blanc et sur
lequel seront brodés en bleu ces mots :* **Pos**t**e
aux lettres**. *Il portera cet écusson attaché à
son habit sur le côté gauche de la poitrine* ».
Ainsi aucune distinction ni pour le régime
ni pour la fonction.

Comme toutes les choses de cette époque,
si troublée, cette obligation ne dût pas durer
longtemps, et elle fut remplacée par une
autre formule ou par une liberté générale,

puisque les quelques spécimens que je vous
montre n'ont rien de commun avec le modèle décrit et imposé en 1792.

Les boutons qui encadrent et coupent ce
carré de 4 plaques témoignent aussi de la
variété des insignes. Les uns sont aux fais-
ceaux de licteurs ; les autres à la déesse Jus-
tice coiffée du bonnet phrygien et portant la
pique du châtiment ; d'autres, encore plus
simples, sont à la couronne de lauriers avec
l'inscription horizontale de : **Postes**, et
celle de **République Française** autour de
la couronne.

L'article 18 du règlement du 1er prairial,
an VII (10 mai 1799), est du reste ainsi conçu :
« *obligation aux postillons de porter au bras
une plaque indiquant le relais et leur numéro
de rang* ». Il n'y a ainsi aucune indication
pour le sujet à représenter, de là donc la
variété des types. (N° 3, planche III.)

J'ajoute que comme preuve nouvelle de
cette absence de type officiel, au moins pendant une période, est la tentative dont a été
l'objet le n° 2 (planche I), la 2e de Louis XVI.
Pour faire disparaître les armes de France
créées par la Royauté, on a tenté de frapper en
surcharge l'**R. F.** initiales de la Révolution
Française. Il y a aussi, dans la planche n° 3,
sous le n° 3, une grande plaque de relais de la
Révolution frappée et dessinée au poinçon.
C'est une autre variété.

Près de là et sur la même ligne, n° 2, j'ai
la médaille du maître des relais. D'une forme
ovale avec bélière, elle mesure 0.042 sur
0.035 et porte gravé sur la face deux person-
nages : l'un assis, tenant les tables des droits
de l'homme, derrière une boîte aux lettres,
et l'autre, debout, jurant fidélité à la loi :
«**action de la loi**», se trouvant inscrit sur la
boîte ; au revers, en légende, « **maître des
relais** », et au milieu, horizontalement :
« **action de la loi** ».

Napoléon, comme tous les potentats, voulut frapper à son chiffre tout ce qui pouvait
être le signe de sa puissance et de son auto-
rité. Aussi le voyons-nous, dès son avène-
ment, imposer aux agents de la Poste son
aigle Impérial et le qualificatif d'Impérial à
tous les rouages de la Poste. Les boutons des

uniformes des Maîtres de Poste et Postillons porteront l'aigle impérial, et en exergue « **Poste aux chevaux** » (N° 12), planche 3. Ceux des Employés de la Poste aux lettres auront le même aigle, mais en exergue il y aura : « **Poste impériale** » (n° 7, planche 1). Les écussons des postillons porteront le grand aigle impérial avec le nom du relais mentionné comme il suit : **Poste de Saint-Just, Poste de Cormon, Poste de Versignes**, dont ils dépendent et leur n° d'ordre (N° 5 planche 1). Ceux des facteurs et employés de la poste aux lettres auront le même insigne, mais la légende est différente. Ils porteront **Administration des Postes** et dans un petit cartouche en dessous de l'aigle les fonctions spéciales du détenteur : tel que : **service rural** (N° 6). C'est de cette époque que date la désignation bien exacte de chaque porteur d'écusson. Les attributions sont indiquées d'un mot sur la plaque et par ce fait les droits et les devoirs de chacun sont clairement délimités.

La Restauration de Louis XVIII ne voulut pas suivre l'exemple de l'Empereur. Elle voulut inaugurer et elle suivit les errements du roi Louis XVI. L'écusson aux trois fleurs de Lys fut repris et il n'y eut aucune distinction entre la Poste aux chevaux et la Poste aux lettres. J'ai, dans mes cartons, les brevets des Maîtres de Poste à qui ont appartenu les plaques de la planche n° 1, portant le n° 3. Et il ne peut pas y avoir de discussion à ce sujet. Des marchands ont voulu vieillir ces plaques et les attribuer au règne de Louis XVI et celles de Louis XVI à celui de Louis XV. Il n'en est rien. Celles-ci sont de Louis XVI et celles-là de Louis XVIII. Les premières fondues ont été coulées bien avant la Révolution et les secondes estampées ont été frappées d'après les procédés industriels nouveaux créés pendant la Révolution.

Les boutons des uniformes furent cependant faits aux armes royales avec les mêmes différences créées par le régime précédent. Ceux des Postes aux chevaux portèrent horizontalement au milieu en trois lignes entourées d'une couronne de laurier : **Poste aux chevaux** : (planche 3, n° 10 et 4 autour

de la plaque en forme de blason); et ceux des employés des Postes aux lettres : **Poste royale** avec une fleur de lys au milieu (planche 1° n° 25).

J'ai vu une autre espèce d'écusson dont certains postillons se servaient. Ovale et découpé à jour pour représenter un cheval et créer une coulisse horizontale dans le bas, elle était de la grandeur des plaques de Poste. Mais elle se portait sur le côté gauche de la veste. On mettait dans la coulisse un flot de rubans de même couleur de 0m30 de long. Dans les bureaux de relais où il passait plusieurs malles, la couleur indiquait la destination de chacune. Les rubans se voyaient de loin et édifiaient tous les intéressés.

Il y eut deux types d'écussons de poste sous Louis XVIII. Le premier aux armes de France plus larges, à la couronne royale plus grande, l'autre un peu plus haute avec le blason royal moins large et ayant en sautoir la décoration du Saint-Esprit. (Pl. 1, n° 3 et 4). Sur ceux-ci est une forme de banderolle tantôt lignée, tantôt pointillée sur laquelle est estampée la légende : **Poste de...** qui entoure le blason et le rend surtout différent du précédent. Cette différence dans la banderolle semble même indiquer que ce type peut se diviser lui-même en deux variétés, car les deux plaques provenant du même bureau n° 4 portent l'une une banderolle lignée sans cartouche à l'exergue et la mention : **Poste de Sain Just** (sans T) et l'autre à sa banderolle pointillée avec un petit cartouche pour le n° du porteur et la légende de : **Poste de S' Just,** (Saint en abrégé).

Ces modifications devaient se continuer sous le règne suivant. Les plaques de postillons ne changèrent pas et toutes les éditions annuelles de la liste générale des Postes rappellent aux postillons que leur plaque portée au bras gauche doit être aux armes du roi. Mais il en fut autrement pour la Poste aux lettres. S'inspirant sans doute des distinctions indiquées par les fonctionnaires de l'Empire sur les plaques des facteurs, on créa autant de plaques avec inscriptions différentes qu'il y avait d'emplois différents dans ce service. La direction générale des postes eut même son panonceau aux armes royales (fig. 1) pour bien marquer la possession du roi sur l'hôtel de la rue Jean Jacques Rousseau.

Fig. 1.

Et nous voyons dans le groupe formé autour du n° 10 les plaques suivantes toujours aux armes du roi : **Direction G⁰ des Postes** avec un écusson en bas pour y graver le nom des fonctions du porteur **Direction générale des Postes**, sur une plaque plus petite et sans petit écusson à l'exergue. Il y avait deux types de cette dernière : l'un était argenté, et l'autre doré. Cette différence était sans doute pour marquer le degré hiérarchique du porteur à la Direction même. Ils avaient aussi leurs boutons spéciaux qui portaient autour d'une fleur de lys la légende de : **Direction G⁰ des Postes** (fig. 1, autour du panonceau). Nous voyons encore : **Administration G⁰ des Postes** avec, à l'exergue dans le petit écusson du bas : **Service de Paris**, à une autre dans le même petit écusson : **Service du gouvernement**. Sur une autre aux mêmes armes, mais plus élégante, à la forme octogonale nous lisons en légende, en haut : **Service rural** et en bas **Poste aux lettres**. Cette

même légende se trouve sur les boutons de cette époque (à côté du n° 10). Elle entoure une belle fleur de lys qui occupe le centre du bouton. A côté (n° 13) nous trouvons la même plaque, mais beaucoup plus petite portant en légende, **Courrier des dépêches**. C'est l'écusson des courriers de malles-postes qui étaient établies pour aller sur les routes desservies en poste. Cette plaque avait été créée par Napoléon Iᵉʳ. J'en ai vu un type dans la belle collection de M. Manière, rue de Rennes à Paris. Sous le règne de Louis Philippe elle prendra une forme différente, et très gracieuse, (fig. 34 planche 1) et portera en trois lignes horizontales : **Courrier des malles**. Ces courriers accompagnaient les dépêches. Ils recevaient et délivraient successivement celles qui étaient mises en circulation sur la route qu'ils parcouraient. Il y avait deux classes de courriers : les courriers de malles et les courriers d'entreprise. Les courriers de malles étaient salariés par l'administration et les courriers d'entreprise étaient choisis et salariés par les entrepreneurs de service. Les plaques de ceux-ci ont d'abord porté en légende **Service des dépêches** et au milieu horizontalement **Courrier**, (planche 1 n° 27, 29), puis ; **Administration des Postes** avec au milieu, **Service des dépêches**, (n° 30), ou encore au milieu ; **Courrier d'entreprise** et en exergue ; **Transport des dépêches** (n° 31) ou encore **Service des dépêches** (n° 32) ou **Transport des dépêches par entreprise** (n° 28) en cinq lignes, avec **République Française** en exergue pour ces deux dernières. Et ce, suivant le régime politique sous lequel la France se trouvait. Ces derniers types étaient les mêmes pour toute la France. Le modèle était uniforme. Tandis que le type adopté par la Royauté sous Charles X (n° 13) portait en exergue le nom de chaque bureau. J'ai vu celui de Lons le Saulnier, celui de Melun. Nous trouvons un deuxième modèle de cette plaque (n° 4 planche 3.) Il est en forme de blason ouvragé sur les côtés avec couronne en haut couvrant les armes royales. Il porte : **Service des dépêches** en légende et **Courrier du Var** en exergue. Toutes les plaques de ce règne sont soignées et belles à voir.

En 1832 le Ministre Secrétaire d'Etat des Finances, le Baron Louis, sous l'inspiration précieuse de son Directeur des Postes, l'infatigable M. Conte, signa une nouvelle Instruction Générale sur le service des Postes. Elle devait recevoir exécution à partir du 1er Juin 1832. Le besoin s'en faisait du reste grandement sentir, car les circulaires se multipliaient chaque jour et souvent avec des contradictions flagrantes qui faisaient le désespoir des employés de tous rangs. Elle était un code complet en 3 volumes de toutes les lois et ordonnances qui régissaient la matière et qui se trouvèrent par la suite abrogées.

Ce n'est pas ici le lieu de parler de cette codification complète de tout ce qui regardait et régissait l'Administration des Postes. Mais il est un chapitre qui rentre dans le cadre de cette causerie : c'est celui relatif à l'habillement et à l'équipement du personnel.

Je dois vous le donner in extenso ; et le voici :

TITRE I. *Chapitre V.*

HABILLEMENT ET ÉQUIPEMENT

138. — Les Inspecteurs, les directeurs, les sous inspecteurs, les maîtres de poste, les courriers de malle et les postulans-courriers, les facteurs et les postillons sont tenus d'avoir un costume.

Les maîtres de poste, les courriers et postulans courriers, les facteurs de ville et les postillans, seuls, le porteront habituellement dans l'exercice de leurs fonctions.

Ce costume est réglé, pour chacun de ces agens, ainsi qu'il suit :

COSTUME DES INSPECTEURS, DIRECTEURS ET SOUS-INSPECTEURS

139. — Habit de drap bleu de roi, boutonné sur le devant de neuf boutons recouvrant entièrement le gilet ; collet droit évasé, paremens boutonnés en dessous de deux petits boutons, retroussis pareils, les poches dans les plis.

La broderie du collet et des paremens se composera :

Pour les inspecteurs, de quatre baguettes en or, de six millimètres de largeur chacune, les deux du milieu ondulées, et celles en dehors droites :

Pour les directeurs des bureaux chef-lieux de département et de sous-préfecture, de trois baguettes en or de même épaisseur, celle du milieu ondulée :

Pour les directeurs des autres bureaux, de deux baguettes droites en or, de même épaisseur :

Pour les sous-inspecteurs, de deux baguettes en or, de même épaisseur, celle de dessous ondulée.

Les boutons de métal, dorés, avec ces mots : **Administration des Postes.**

Pantalon bleu ou blanc.

Chapeau français avec la ganse en torsade en or.

Pour arme, l'épée ; la poignée, la garde et les garnitures en métal doré, le fourreau noir.

COSTUME DES MAÎTRES DE POSTE

140. — Habit de drap bleu de roi, boutonné sur le devant de neuf boutons recouvrant entièrement le gilet ; collet droit évasé, paremens ronds boutonnés en dessous de deux petits boutons ; retroussis pareils, les poches dans les plis.

Deux baguettes droites, or et argent, de onze millimètres de largeur chacune au collet et aux paremens.

Boutons de métal blanc, avec ces mots : **Poste aux chevaux.**

Pantalon bleu ou blanc, ou culotte blanche, et les bottes suivant le costume.

Chapeau français avec torsade or et argent.

COSTUME DES COURRIERS DE MALLE ET POSTULANS-COURRIERS

141. — Habit veste de drap bleu de roi, descendant au défaut des cuisses, coupé droit sur la poitrine, à larges poches sur les busques et sans retroussis ; le collet droit avec une baguette brodée en argent de cinq millimètres de largeur.

Boutons de métal blanc, avec les mots : **Administration des Postes,** *en exergue; et* **Courrier,** *en légende.*

Le pantalon dit Charivari, en drap gris-de-fer foncé, avec une bande de drap bleu de roi sur le côté, casquette de drap bleu ou bonnet fourré, suivant la saison.

COSTUME DES FACTEURS DE VILLE

142.   Habit de drap bleu de roi sans retroussis, boutonné sur le devant de neuf boutons en métal jaune, avec les mots : **Poste aux Lettres,** *au milieu, collet droit évasé en drap rouge, paremens bleus boutonnés en dessous de deux petits boutons ; les poches dans les plis.*

Pantalon de drap gris :

Chapeau rond en feutre verni.

COSTUMES DES POSTILLONS

143. — Veste de drap bleu de roi ; collet, revers, paremens et retroussis de drap rouge, boutons de métal blanc, avec les mots : **Poste aux chevaux.**

Chapeau rond à haute forme, en cuir verni.

Culotte ou pantalon de peau jaune, bottes fortes ou demi-fortes.

Les postillons qui feront usage d'un pantalon de cheval ou charivari, ne pourront l'avoir qu'en drap gris mêlé, foncé, avec une bande de drap bleu de roi sur le côté, boutonné du haut en bas avec des boutons d'os noirs percés de quatre trous.

Un écusson indiquant le nom du relais et le numéro du rang du postillon, porté au bras gauche sur une bande de drap bleu, passe poil rouge. (Largeur de la bande, 78 millimètres).

Capote manteau en drap gris mêlé, collet bleu de roi.

Les postillons pourront porter sur leur collet et paremens un galon d'argent de 20 millimètres de largeur ; après vingt ans de service, ils porteront un second galon de même largeur au collet, et après trente ans, un autre aux paremens.

144. — Les courriers et les facteurs doivent

se pourvoir d'un écusson qu'il portent attaché à l'habit, sur le côté gauche de la poitrine.

L'écusson des courriers de malle et postulans-courriers est en métal blanc, avec les mots : **Courrier de Dépêches.**

L'écusson des courriers d'entreprise est en métal blanc, avec ces mots : **Service des Dépêches.**

L'écusson des piétons et des facteurs est en métal jaune, et au milieu les mots : **Poste aux lettres.**

145. — Pendant leurs courses, les courriers doivent être pourvus d'armes, tant pour leur défense personnelle que pour la sûreté des dépêches qui leur sont confiées.

146. — Les courriers de malle et les postulans-courriers ont une trompette qui leur sert en route à annoncer l'arrivée de la malle aux relais, et aux bureaux de poste, et à avertir les autres voitures de céder la moitié du pavé, conformément aux règlements sur la police des routes.

147. — Les facteurs de ville portent en bandoulière une boîte recouverte en cuir noir, dans laquelle sont renfermées les lettres à distribuer.

Les facteurs ruraux ont un porte-feuille de cuir noir. Ils portent de plus une plaque en métal blanc avec ces mots : **Service rural** *et en exergue* **Administration des Postes.**

148. — Les objets d'habillement et d'équipement désignés au présent chapitre, sont établis et entretenus aux frais des agens auxquels l'usage en est prescrit...

Comme vous le voyez, cette Instruction, qui est la plus complète parue à ce jour, donne le costume de tout le personnel. Or, ce personnel comprend les maîtres de poste, les entreposeurs, les courriers, les postillons comme les facteurs, etc., spécialement affectés aux distributions des lettres.

Contrairement donc à ce que quelques-uns d'entre vous pensent peut-être, quand j'ai fait la collection que je vous soumets, je n'ai pas pu me borner uniquement aux accessoires des costumes des employés des postes aux lettres ; car, jusqu'à ces derniers temps, les employés de la Poste aux chevaux ont été sinon exclusivement, comme aux siècles pré-

PLANCHE I.

cédents, les uniques employés des Postes aux lettres, du moins les auxiliaires nécessaires de ceux-ci, et les accessoires de leur uniforme se complètent l'un l'autre. Quand ils en diffèrent, ce n'est que par les indications spéciales des fonctions de chaque porteur. C'est ainsi que, malgré le temps, ces précieuses reliques nous conservent la figure des époques déjà loin de nous.

Vous remarquerez que cette instruction n'impose plus aux divers écussons la reproduction des armes gouvernementales. Des inscriptions seulement sont obligatoires. Le carré du n° 15 (planche 1) et n° 6 (planche 3) représente des types d'écussons de postillons. Le roi Louis-Philippe avait, pour le service du gouvernement, un type à ses armes, qui comprenait son monogramme couronné (n° 14, planche 1). On avait aussi créé, à la fin de son règne, un modèle plus professionnel et plus décoratif. C'était un ovale dont le milieu représentait une lettre avec adresse, reposant sur un motif décoratif et cachant d'autres lettres derrière, le tout surmonté d'une couronne royale, avec en légende : **Administration des Postes** et en exergue : **Service rural** (n° 12, planche 1).

La République de 1848 maintint cette absence de motifs trop personnels au chef du pouvoir. Et les écussons des facteurs furent seulement modifiés dans un sens plus décoratif. Tous ont la légende gravée, **Administration des Postes**, sur une banderolle aux extrémités flottantes sur des branchages de feuillage finissant les pourtours du bas de l'ovale (n° 17, planche 1). Dans le milieu se trouvent en trois lignes horizontales, soit : **Service rural**, soit : **Facteur de ville**, soit : **Service de Paris, Service d'Amiens**. Un deuxième type remplaça les branches de feuillage par l'inscription de : **République Française**. C'était là un simple hommage rendu au nouveau régime gouvernemental.

C'est la première fois que ces plaques donnent aux porteurs leur véritable nom de **facteurs**.

Paris avait eu jusque-là ses bureaux qui se distinguaient par les premières lettres de l'alphabet. Les facteurs de Paris avaient une plaque en cuivre fondu, de forme octogonale, qui portait en légende : **Administration des Postes** et au milieu la lettre du bureau dont dépendait le titulaire. En dessous de cette lettre, séparé par un motif décoratif, se trouvait le numéro du rang qu'occupait le facteur dans le bureau (n° 16, planche 1). La plaque que j'ai est du bureau J, situé place de la Bourse, n° 4, et le numéro du facteur est 2.

La distinction des bureaux ayant été changée, on les désigna par un numéro. Mais on changea le type. Le coq gaulois fut choisi comme emblème. Il est représenté debout, les ailes déployées et chantant clair, au dessus d'un faisceau de drapeaux, dont les hampes sont groupées derrière une banderolle horizontale portant le nom de la **République Française**. Ce groupe occupe le milieu de l'ovale. Au dessous, en légende, on lit : **Administration des Postes** et en exergue : **Service de Paris**. Aux pieds du coq se trouve un carré qui donne le numéro du bureau et, au-dessous de ce carré, un petit losange qui indique le numéro du titulaire dans ce bureau (n° 11, planche 1). Celle que vous voyez est celle du bureau n° 10 et le numéro du facteur est celui qui occupe le dixième rang.

M. Perdriel, le collectionneur bien connu, a la même plaque, avec le chiffre 5, et celui de 14 pour le numéro du titulaire.

Le régime qui suivit fut le gouvernement de Napoléon III, Empereur.

Copiant le type adopté pour le service de Paris, il créa, pour toutes les branches du service de la Poste aux lettres, un écusson à peu près semblable. Celui-ci représentait un coq debout. Il changea le coq en un aigle aux ailes déployées et couronné. Il remplaça la banderolle par un petit cadre où se trouvait inscrite la profession du porteur, telle que : **facteur de ville, facteur de banlieue, facteur de gouvernement** (n° 19, groupe, planche 1), **Bureaux ambulants**. Un premier type même fut fait avec la banderolle portant l'inscription de la fonction.

Tous deux portaient en légende : **Administration des Postes**.

Ce modèle fut vite remplacé par un autre portant un insigne plus flatteur ; l'aigle impérial aux ailes largement déployées avec une belle couronne impériale et perché sur un faisceau de foudres. Ce modèle très gracieux était très bombé. Il était bordé par une rangée de grosses perles (n° 20 planche I), et était la reproduction du modèle du Premier Empire. Il portait en légende **Administration des Postes** et en exergue à la suite la spécialité de chacun : **Service rural, service de ville, service des dépêches**. Comme on le voit par cette dernière inscription, c'était le même type pour les courriers comme pour les facteurs.

Comme tout ce qui occupe un moment l'humanité, ce genre d'écusson cessa vite de plaire et il fut changé pour un autre du même genre, se rapprochant plus du modèle de 1808. La forme était beaucoup plus plate et moins gênante sans doute pour le porteur. Il était aussi plus léger. Il mesurait 0,080 m. sur 0,065 m. Les inscriptions avaient la même disposition que celles du modèle précédent. (fig. 21 planche I.) On y remarque une fonction nouvelle, celle de : **facteur local**, qui devait être sans doute pour les bourgades agglomérées sans avoir le titre prétentieux de ville, mais sans être non plus la campagne. Je ne vois pas d'autre explication, puisqu'il y avait celui de : **facteur de ville**.

La grandeur de cette forme ne plaisant sans doute pas, on créa un modèle semblable, mais beaucoup plus petit. Il ne mesurait que 0,065 m. sur 0,055 m. Au lieu de le porter à la poitrine, l'écusson fut adapté, soit par des coulants, soit par des crochets à la courroie du sac ou portefeuille de chaque facteur. Il ne fallait pas dépasser la largeur de cette courroie. Et c'est ce qui explique la réduction du modèle. Cette courroie passait en bandoulière sur la poitrine et la plaque ne devait pas en gêner le bon fonctionnement. Chaque emploi eut sa plaque spéciale. Et nous voyons (n° 24, planche I.) **facteur de ville, facteur chef, brigadier, facteur rural, facteur local, service des dépêches.**

Comme sous Louis-Philippe la plaque du courrier des malles qui se portait sur la poitrine cousue au côté gauche de la veste fut la seule différente du type adopté. D'une forme de blason ouvragé sur les bords avec un ornement grec en haut (n°s 22, 23, planche I.) elle portait au centre un aigle les ailes déployées et était entourée d'une petite bande en relief, sur laquelle était gravée la mention de : **Administration des Postes** et en dessous en exergue dans un petit motif séparé de la banderolle par un filet de la bordure retourné : **Courrier**.

Il y eut deux types reconnaissables par la différence de grandeur des aigles.

L'Empereur avait en plus un courrier spécial qui portait un brassard différend avec cette inscription en légende **Courrier Impérial** et un petit aigle en relief couvrant seulement la moitié de l'ovale. Aucun autre ornement qu'un simple rebord bombé. C'était la simplicité même. (n° 18, planche I.)

Il n'en était pas de même des livrées de ses postillons quand il voyageait en poste. Alors tout était couvert de galons d'or avec les gros boutons dorés aux armes de sa Majesté sur le manteau Impérial. Et les postillons, portaient le beau brassard (n° 8, planche III.) à la plaque dorée avec au-dessus de l'aigle la légende : **Maison de sa Majesté l'Empereur** et en bas : **Service des écuries.**

La plaque des postillons sur brassards en drap noir (n°s 5 et 9 planche III), portait en légende : **Poste aux Chevaux de X...** et en exergue au-dessous de l'aigle, le numéro du postillon.

La poste aux lettres, en effet, se séparait de plus en plus de la poste-relais proprement dite et il était devenu nécessaire de les distinguer l'une de l'autre par un nom différent.

Il en était de même des messageries qui faites pour transporter les bagages ne devaient pas être confondues avec les autres services publics dont elles dépendaient autrefois. Et à cet effet, on avait créé la grosse plaque con-

PLANCHE 11.

tenue dans la fig. 2. En cuivre fondu, elle représente les armes de l'Empereur découpées avec le grand manteau impérial et le grand cordon de la légion d'honneur en sautoir. Elle mesure 0,25 sur 0,20 et porte dans une banderolle qui court élégamment aux pieds des armes l'inscription de **Messageries Impériales**. Elle se vissait de chaque côté du siège du conducteur et au-dessous.

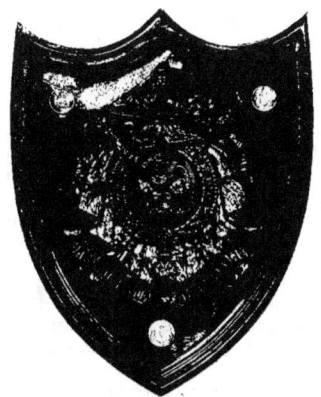

Fig. 2.

Enfin, les boutons étaient tous de la même forme : bombée suivant la mode de l'époque avec l'aigle en relief et **Administration des Postes** en légende. Ils comprenaient trois grandeurs : les grands pour l'habit et les petits pour le gilet. Ils étaient argentés ou dorés suivant le grade des propriétaires. La troisième grandeur moyenne était celle des boutons de la blouse traditionnelle qui était à cette époque le costume national pour nos campagnes (n° 26 planche I).

Notre belle République actuelle, qui succéda au Gouvernement Impérial, fit disparaître tous les souvenirs du régime déchu et les plaques de poste ne furent pas épargnées.

Mais, auparavant, pendant l'Année Terrible qui créa le Siège de Paris, il y eut dans la capitale différents genres de Poste pour l'Extérieur dont les tristes souvenirs sont dans ma collection. La Poste aérienne d'abord faite par la gent ailée. Et voici au milieu de la planche II une plume d'aile de pigeon qui porte l'estampille de : **Société des Messagers du Siège de Paris**, dans un cadre rectangulaire et à côté à droite le n° 60 qui est celui du pigeon à qui appartenait cette plume. La société qui se chargeait de ce mode de transport de nouvelles, soit au moyen de pellicules photographiques enfermées dans un tube de plume d'oiseau attaché à la queue du pigeon ; soit par d'autres procédés marquait et numérotait tous ses intrépides messagers pour pouvoir connaître plus tard leur arrivée.

Le service fut aussi fait par des ballons ainsi que nous le verrons dans un instant par la présentation des jetons commémoratifs qui en témoignent. On essaya l'emploi des chiens, des bûches, des bouchons, des boules de liège et de verre. Il y eut enfin la poste fluviale. On s'ingéniait pour faire parvenir les nouvelles aux êtres aimés qui étaient absents. Cette poste fluviale était faite par une boule de zinc hermétiquement fermée qui comportait des oreilles ou ailettes pendantes et très mobiles pour en assurer le roulement au gré des eaux de la Seine. Construite et remplie de manière à ne pas être complètement submergée, elle devait suivre le cours de l'eau pour atterrir à un endroit quelconque. De là l'heureux inventeur devait faire cheminer les lettres qu'il y trouvait par la voie de la Poste en Province. Le n° 9 de la planche II en donne une reproduction. Ce procédé n'eut pas beaucoup de succès, néanmoins des lettres arrivèrent à destination par ce moyen.

Lors de la réorganisation des services, après cette guerre fatale de 1870, l'Administration créa un nouveau modèle de plaques de facteurs. Inspirée un peu par le modèle adopté en 1848, elle créa la plaque n° 1, planche II : ovale de 0,080° sur 0,065, avec **République Française** en légende, **Administration des postes** en exergue, et au milieu, en trois lignes horizontales : **facteur chef, facteur de ville, service de Bordeaux**. Par la dernière, on voit que c'était abandonner le modèle général pour en créer un pour chaque bureau. Avec cela, l'uniformité dut être vite oubliée, car nous voyons sur celle de Versailles que l'inscription en légende a été omise et a été remplacée par celle de : **Administration des postes** et en exergue un motif décoratif d'un goût douteux.

L'Administration dut bientôt s'apercevoir de cette diversité multiple, et elle créa le modèle officiel et unique (fig. 2, planche II). Ces plaques, du dernier petit module de l'Empire, portent au centre le nom de la fonction du porteur. Autour, séparée de ce centre par une ligne ornementée, se trouve l'inscription de : **Administration des postes**, tant que les Postes furent indépendantes des Télégraphes. Et quand ces deux administrations furent réunies par M. Adolphe Cochery, la mention en légende fut la suivante : **Ministère des postes et télégraphes**.

Cette fusion amena le changement complet des boutons. Avant, les Postes avaient des boutons en cuivre jaune portant comme inscription unique et horizontale : **Postes**, (n° 3, planche II) et les télégraphes étaient pourvus de boutons en métal blanc portant dans un petit ornement : **Télégraphes** (à gauche et à droite de la plaque d'inspecteur, planche II.)

Après la réunion des deux administrations, tous les boutons portèrent en relief sur trois lignes : **Postes et Télégraphes** (n° 4, planche II). Seulement le métal resta le même qu'avant : les postiers continuèrent à porter des boutons en cuivre jaune et les télégraphistes des boutons en métal blanc.

On chercha aussi à inaugurer à cette époque des plaques de ceinturons (à droite et à gauche de la plaque du milieu, pl. II.) Le type prétendu officiel portait en relief : **Postes**, au milieu de branchages aussi en relief. Ceux qui n'avaient pas ce type prirent une plaque unie quelconque et gravèrent eux-mêmes leur affectation : **Administration des postes**, comme l'indique celle de gauche.

Mais, de même que les plaques de postillon et de facteur, ces boucles de ceinturon ont disparu. Et soit pour diminuer le poids des uniformes, soit pour faire des économies, ces accessoires ne font plus partie du costume et sont considérés comme indignes des temps nouveaux. Ils ont été remplacés par des broderies, des galons, des cocardes et signes, des rubans pour les chapeaux de paille en été que l'on voit aux coins et placés dans l'ensemble de ces trois cadres pour en rompre la monotonie et faciliter le groupement. Ceux de la Poste ont conservé leur couleur jaune ou dorée et les argentés ou couleur blanche sont ceux qui s'adaptent aux costumes des télégraphistes.

Les armées, dès l'organisation des Postes, eurent un service de Poste établi, qui nécessita un costume spécial. Il dépendait du service du Trésor. M. Manière a dans sa collection une légende de facteur des armées qui est faite sur le modèle des plaques du Premier Empire (n° 5, planche I), mais avec un aigle plus petit et l'inscription en légende de **Trésor et poste des armées**. Le Gouvernement de Juillet eut un modèle spécial avec un beau coq perché sur un faisceau d'armes groupées derrière le triangle de l'Égalité. La légende était **Armée française** et l'exergue **Trésor et poste** (n° 5, planche II.) Depuis, chaque Gouvernement a eu son type. Voyez à gauche du précédent, un modèle doré très gracieux. C'est un ovale avec deux palmes en hauteur et au milieu, estampé simplement sur trois lignes horizontales : **Trésor et postes** Celui de droite, qui est le dernier connu, est encore plus simple. C'est un ovale un peu plus grand que les précédents, sans aucun ornement et portant la mention sur sept lignes : **Service de trésorerie et des postes aux armées**.

Les boutons de ce service, sous le Troisième Empire, étaient à l'aigle impérial comme tous les autres, mais ils portaient en relief sur le pourtour : **Trésor et postes**. Ils étaient de deux formats. Les boutons actuels portent simplement, entre deux palmes, sur un fond rayé horizontalement, l'inscription de **Trésor et postes** pl. 2) tout autour de ces plaques au-dessus de la plume de pigeon.

Les courriers des paquebots avaient aussi leurs plaques (n° 11, planche II). Ces plaques étaient de petit format avec la légende de : **ministère de la Marine et des Colonies,** et en exergue « **Courrier** ». Au milieu se trouvaient les armes royales ou deux ancres croisées.

Enfin les particuliers avaient depuis le 3° Empire le droit d'avoir une Poste à eux. Leurs postillons copiaient les Postillons de la Poste aux chevaux et avaient sur le bras leurs brassards à leurs couleurs avec une plaque à leurs armes et à leurs noms. Voici une série de 9 plaques différentes (entre les n° 6, planche II). Au milieu se trouve celle de la : « **Maison de son Altesse Impériale le Prince Napoléon** », inscrit en légende avec en exergue ; « **Courrier** ». Au milieu de l'ovale se trouvent finement gravées les armes Impériales. A la droite de celle-ci se trouve celle du : « **Postillon de M. le Baron Arthur de Rothschild** » avec les armes estampées au milieu. A la suite celle de M. Honorius Honoré, celle de M. G. celle de M. le Baron James de Rothschild. De l'autre côté, nous voyons celle de M. C. V. ; celle du comte de Saint-Pierre, celle du château de la Bellière ; et celle de la Poste particulière du possesseur des armes gravées au milieu. J'ai vu dans une collection celle du château du Chatelet. Le Brassard du dessous porte la plaque de la Poste Deboille avec les initiales gravées au milieu.

La plaque que les **Petits messagers parisiens** portaient à leurs casquettes, il y a quelques années a sa place marquée ici, (planche II, au dessus de celle du Prince Napoléon). Leurs n° d'ordre étaient indiqués par des chiffres soudés au dessous de l'indication du service. Il en est de même de celle des « **Messagers parisiens** » qui sont d'une date plus ancienne que les Petits Messagers. Le vaisseau flottant des armes de la ville de Paris entre les deux mots de son ins-

cription et ses coins coupés la rendent intéressante. A droite pour faire pendant, voyez la plaque de ceinturon des facteurs express d'Amiens et la plaque du commissionnaire de Paris avec ses n° et ses matricules administratifs. (n° 8, planche II). Leurs porteurs sont aussi des auxiliaires privés de la Poste. Et combien de poulets charmants et de missives aimables n'ont-ils pas apporté à leurs heureux destinataires et avec plus de célérité que leurs collègues fonctionnaires officiels de la Grande Administration des Postes. Remarquez l'aigle Impérial de la plaque des facteurs express. Elle prouve que leur création remonte tout au moins à Napoléon III.

Nous aurons terminé le chapitre de la Poste quand je vous aurai fait remarquer le cachet à cire des employés Ambulants qui porte le n° de chacun et est solidement attaché par une chaîne pour éviter qu'il s'égare (n° 7, pl. II). Remarquez aussi (pl. I tout au bas) les lettres, numéros et marques spéciales des boîtes rurales, dont les feuilles de route des facteurs et les lettres ayant diverses origines doivent être frappées. Par exemple le **O. R.** dans un cercle qui indique l'origine rurale des lettres remises à la main au facteur ; par opposition à **O. L.** qui indique l'origine locale. Voyez aussi le **C. L.** dans un cadre hexagonal qui indique la correspondance locale et les petits timbres spéciaux de brigades ou de quartiers.

Le télégraphe est aussi ancien que la Poste, car dès l'installation des courriers les peuples anciens reconnurent leur insuffisance et cherchèrent les moyens d'envoyer plus promptement leurs pensées et leurs avis d'un point à un autre. Les étendards, les feux allumés sur les montagnes furent les procédés rudimentaires mis en usage par les peuples de l'antiquité. Les Grecs, les Carthaginois et les Romains les perfectionnèrent ensuite. Mais nos pères les Gaulois se communiquaient entre eux au milieu des ténèbres par les feux allumés au sommet des forteresses qui s'étaient élevées, sur tous les points de notre pays menacé par les invasions des Normands et des Sarrasins.

Pendant tout le Moyen-Age et jusqu'à la fin du XVIII° siècle, les chercheurs poursuivent la solution de ce problème si complexe de la transmission rapide de la pensée. Il fallut les effroyables tourmentes engendrées par la guerre civile et la guerre étrangère au milieu des convulsions de la Révolution Française pour donner naissance à la télégraphie.

Au plus fort de l'invasion alors que nos places du Nord, étaient au pouvoir de l'ennemi, que des forces écrasantes s'apprêtaient à démembrer la France, que la Patrie était déclarée en danger, la Convention adopta avec enthousiasme la proposition de Claude Chappe, qui, au moyen du télégraphe aérien lui offrait la possibilité d'avoir en quelques instants des nouvelles de nos armées.

C'était la télégraphie aérienne inventée. Cette invention véritablement Française après avoir eu la Révolution pour berceau eut encore la bonne fortune d'être inaugurée par l'annonce d'une Victoire ; la reprise du Quesnoy sur les Autrichiens.

Militaire dans son principe, ou plutôt dans ses premières applications, la télégraphie conserva ce même caractère jusqu'à la chute du Premier Empire, pour devenir ensuite, sous les deux Restaurations et pendant tout le règne de Louis-Philippe, un instrument politique à l'usage exclusif de l'État. C'était l'accaparement qu'avait fait Louis XI de la Poste.

Mais après un demi siècle d'existence, qui ne fut pas sans gloire, l'invention de Chappe soumise, comme toutes les institutions humaines à la loi inéluctable du progrès, dut disparaître à son tour, devant un agent nouveau, d'une puissance véritablement merveilleuse et incomparable : l'électricité. Son application à la télégraphie est assurément une des plus surprenantes du XIX° siècle. Cette conquête de la science fit que la télégraphie cessa d'être un instrument politique et devint la propriété de tous. Sa rapidité tient du prodige. Elle franchit les continents et les mers elles-mêmes. Comme la poste elle a le rare privilège de n'être connue que par ses bienfaits. Et le développement prodigieux que la télégraphie électrique a pris et prend de jour en jour est là pour attester sa raison d'être et sa puissante vitalité.

L'électricité n'a pas dit son dernier mot. Après le téléphone et le phonographe qui transportent à distance la parole humaine, nous avons maintenant la télégraphie sans fil. On dirait que le genre humain a pour devise : « Excelsior », toujours plus haut!...

La chanson fit ses adieux au télégraphe aérien, car tout en France finit par des chansons. En outre la fantaisie lui dressa l'épitaphe suivante que j'ai trouvée dans un journal du temps et qui est assez drôle pour que je vous la fasse connaître :

Tout se dit avec l'A B C.
L'A B C, partout F E T,
Longtemps par le sort K O T,
Nous cesserons de V G T.
Le télégraphe est A J T ;
De fureur il est R I C
Il ne peut surmonter l'I D
Que du monde il est F A C.
Oui, malgré son air E B T.
Trop longtemps il R S T
Debout comme une D I T.
Vieillard que le temps A K C,
C'est une affaire d'S I D,
Son F I J est même O T.
De lui nous allons R I T
Car il est enfin D C D.

Mais revenons à nos documents. Le télégraphe Chappe est représenté ici à la planche 2 par un vieux carreau de Delft, au centre, où se trouve dessiné un poste télégraphique. Voici sa définition d'après le rapport Lakanal à la Convention : *Ce télégraphe est composé d'un chassis ou régulateur, qui forme un parallélogramme très allongé ; il est garni de lames à la manière des persiennes, et ajusté dans son centre à l'extrémité de son axe. Ce chassis mobile supporte deux ailes dont le développement s'effectue en différents sens. L'arbre qui soutient le régulateur roule sur un pivot et est maintenu à la hauteur de dix pieds par des jambes de force. Le mécanisme est tel que la manœuvre s'en fait sans peine et avec célérité, au moyen d'une double manivelle, placée à hauteur convenable.*

L'analyse des différentes positions du télégraphe que je viens de décrire présente cent signaux parfaitement prononcés. Le tableau représentatif des caractères qui les distinguent compose une méthode tachygraphique et ne peut être développée publiquement.......

C'est en 1845 que la télégraphie aérienne fut remplacée par la télégraphie électrique et ce n'est que quand ses avantages et ses bienfaits furent abandonnés au public que le costume de fonctionnaire fut décrété. C'est en 1852 que ce décret fut signé. Il créa la plaque (planche 2 au-dessus du carreau de Delft) de l'inspecteur des lignes télégraphiques. Elle était de forme rectangulaire en hauteur avec les coins coupés et avait au centre l'aigle impérial. Au-dessus se trouvait en légende : **Lignes Télégraphiques** et aux deux angles du haut un œil dans un triangle entouré de rayons. Au dessous, dans un cartouche formé par deux poteaux télégraphiques et des fils, se trouvait l'inscription de : **Surveillant.**

Les boutons, comme tous les boutons de costume officiel de Napoléon III étaient bombés avec l'aigle en relief. Mais ceux-ci avaient une banderolle plus gracieuse aux coins flottants. Et dessus se trouvait en relief l'inscription de : **Lignes Télégraphiques.**

Je viens d'expliquer comment depuis 1870 les boutons de télégraphe avaient subi deux modifications à cause de la fusion en 1877 des deux services. Je n'y reviens pas.

Le téléphone est ici représenté par les deux petites tiges en bois (n° 10, planche 2), qui mettent en communication les clients entre eux. Elles ont une tête comme des clous et cette tête est de couleur différente, suivant la série à laquelle elle appartient. Celles-ci sont de la série rouge et blanche. Avec le nouveau système de communication automatique elles vont disparaître à leur tour comme toutes choses qui ont cessé de plaire.

Chaque fois qu'une grande institution dans un État se crée, se transforme ou réalise un progrès considérable, il est de coutume de créer quelque chose de durable qui immortalisera le fait qui doit passer à la postérité. Et c'est ainsi que les médailles et jetons commémoratifs se rattachant aux progrès de la Poste doivent être compris dans la collection de documents en métal sur la poste.

Les cadres en forme de losange (fig. 3 et 4 pour le revers) vous montrent quelques types de ces souvenirs commémoratifs qui sont arrivés jusqu'à nous.

Tout d'abord le n° 1 représente la médaille frappée sous Nerva, en 96 de notre ère, qui inaugura le siècle des Antonins. Elle reproduit la tête laurée de Nerva à droite avec la légende : IMP. NERVA CAES. AUG. P. M. TR. P. COS. III. P. P. Au revers, elle représente deux mules en sens contraire. Derrière elles, on voit les deux timons d'un char avec les traits et les harnais, et en légende : VEHICULATIONE ITALIÆ REMISSA (à la circulation, au transport, à la Poste de l'Italie rétablie). Certains auteurs ont traduit cette légende par : Suppression des corvées de transport ; mais c'est là une erreur due à ce qu'ils n'avaient jamais vu la médaille ni lu la légende et ils écrivaient : **Italia** pour **Italiæ**. Mais c'est bien la médaille commémorative de la réinstallation de la Poste à Rome, après l'anarchie qui avait tout envahi.

Le n° 2 est la reproduction sur carton du grand bronze frappé sous le roi Louis XI, lors de son Édit de création des Postes en France. Le coté de la tête représente le Roi Louis XI, vêtu fort modestement, avec un petit chapeau orné d'une simple couronne au lieu de cordon. On y lit cette légende : **Ludovicus XI. D. Gra. Francor Rex Christianiss.** Au revers on voit deux courriers en position de retour. Leurs chevaux vont au galop. Celui qui devance l'autre porte une espèce de malle en croupe, et doit être regardé comme le postillon. A la légende est gravé ce vers : « **qui pedibus volucres ante irent cursibus auras** », c'est-à-dire:

ceux qui iraient plus vite que les oiseaux et que le vent; et à l'exergue il y a: **Decursio.**

Le n° 3 est le jeton frappé aux armes du comte Marc Pierre Voyer de Paulmy d'Argenson qui fut grand maître et surintendant Général des Postes de 1743 à 1757. Au revers se trouvent gravés tous les titres du titulaire qui était le 2ᵉ fils du garde des sceaux du Roi Louis XIV, sous la Régence du duc d'Orléans. Sa statue se trouvait sur la façade de l'ancien Hôtel de Ville de Paris comme celle d'un des magistrats dont l'administration fut la plus utile à la capitale.

Le n° 4 est la médaille frappée en 1786 aux armes de France pour le service de l'Administration de la Poste aux lettres, comme l'inscription de l'avers l'indique. Elle a 0,041ᵐ de diamètre et a sa bélière qui indique bien sa destination.

Le n° 5 est la médaille des Postes du royaume d'Italie sous le Iᵉʳ Empire. Le manteau Impérial au lieu de porter l'aigle Impérial porte la couronne Royale.

Le n° 6 comprend 2 types. La face est la même sauf pour le diamètre. Et les revers représentent deux colombiers différents. Ce sont les récompenses données pour les communications aériennes de 1870 à 1871. Les légendes sont les mêmes pour les deux au revers : «**ministère de la guerre**» en haut et : «**communication aérienne**» en exergue. Elle ont été gravées par M. Degeorges.

Les n° 7 sont des médailles dites ; des aérostats. Semi-officielles elles ont été frappées en bronze ou en étain par des particuliers pour perpétuer les souvenirs des événements mémorables du Siège de Paris en l'année terrible de 1870. Au nombre de ces événements qui devaient passer à la postérité se trouvaient les tentatives faites pour sortir de Paris et établir les relations avec le dehors soit en ballons, soit par pigeons voyageurs qui revenaient à leurs points de départ. Ces jetons commémoratifs portent tous en inscriptions le récit des événements pour les souvenirs desquels ils ont été créés.

A l'avers se trouve au centre un ballon et tout autour l'inscription. Et au revers on voit une inscription unique ou un ballon ou un pigeon de face avec l'inscription autour.

Le 1ᵉʳ jeton (fig. 3 n° 7) porte cette mention : «**Gambetta part le 7 octobre pour aller renforcer le Gouvernement de Tours sur l'Armand Barbés** », autour d'un ballon. Et au revers autour du même ballon on lit : « **Après avoir franchi les lignes prussiennes Gambetta descend à Saint-Didier le 8 octobre 1870.**

C'est ce ballon qui emporta les premiers pigeons.

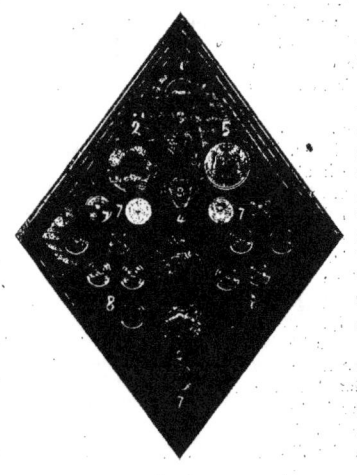

Fig. 3.

Le 2ᵉ a la mention suivante : «**République Française. Ballon du Siège de Paris** et au revers un ballon au centre avec son nom « **Le Neptune** » et autour : **Le 23 septembre 1870. Parti de la place Saint-Pierre à Montmartre, lancé par Nadar.** » (1)

Ce ballon était, en effet, lancé par Nadar, mais il était monté et conduit par l'aéronaute J. Durnof.

Le 3ᵉ est un jeton semblable avec un pigeon

(1) Ce ballon est reproduit dans l'article biographique sur Nadar, du Monde illustré (23 janvier 1909).

PLANCHE III.

au revers au lieu du ballon et il est frappé sur plomb.

Le 4e porte : **Le Général Cambronne, le 28 Janvier 1871 part de la gare de l'Est conduit par le marin Tristan ».** Ce fut le dernier. La foule voulait l'empêcher de partir en prétendant qu'il emportait les membres du gouvernement.

On connaît 45 de ces jetons frappés à l'occasion du départ de ces ballons. Mais il y eut d'autres ballons montés pour lesquels aucune médaille n'a été frappée. Ce sont : la Bataille de Paris, le Bayard, la Bretagne, la Cita di Firenze, le Colonel Charras, le Davy, la Délivrance, le Duquesnes, les Etat-Unis, le Fulton, etc., soit 25 environ.

Les retours des pigeons donnèrent lieu à la frappe des jetons commémoratifs compris sous les nos 8, (fig. 3). Comme les précédents et du même diamètre de 0,030m environ, ils portaient l'inscription de l'événement qui les avait fait créer.

Ainsi on voit l'inscription de : **arrivée des pigeons correspondant** (sic) **pendant le Siège de Paris 1870-1871,** avec un oiseau à droite au milieu. Et au revers on lisait sur l'un « **arrivée de deux pigeons apportant des nouvelles de l'Armand Barbés. Gambetta est tombé à Saint-Didier-sur-Somme le   octobre** (sic), **1870** : sur l'autre : **Un pigeon arrivé de Tours annonçant l'arrivée de Bretagne avec Carré-Kerisouët, le 6 octobre 1870** », sur un 3e « **arrivée d'un pigeon voyageur apportant des nouvelles du Général Chanzy 1870** : — Et ainsi pour chaque événement jugé mémorable par la population Parisienne.

Le nombre en est inconnu. Car à cette époque s'inspirant des souvenirs de la République de 1848, tous les spéculateurs frappaient leurs jetons. La collection de M. G. Van Peteghem la plus importante de ce genre en comptait une 15. J'en ai moi même 14. Et la figure 4, montre les revers lisibles à la loupe. Mais ce sont des souvenirs qui intéressent la Poste du Siège.

Maintenant que j'ai montré en détail toutes les pièces documentaires de cette collection, sous une forme peut-être un peu trop monotone et classique, où le côté artistique et décoratif n'a eu aucune place, voyons un peu l'ensemble de ces tableaux qui ont été conçus pour un groupement méthodique et à la fois agréable à l'œil.

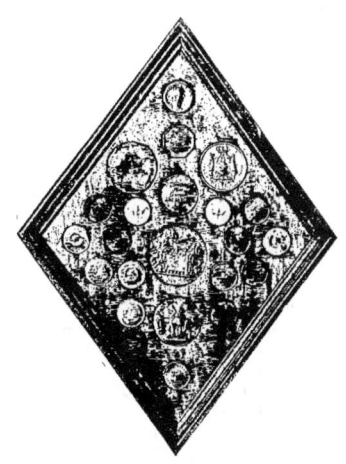

Fig. 4.

Voici le 1er au frontispice portant le chiffre du possesseur. Il a été fait en forme de croix de Saint-André avec des rangées de boutons différents pour former les bras de la croix. Dans le triangle formé par les bras du haut se trouvent les insignes des Postes de la Royauté : Des cors dans des carrés de boutons dorés des hauts fonctionnaires des Postes de l'Empire, indiquent l'ancien symbole des messagers et des Postillons du nord : le cor postal comme on disait au Siècle de la Renaissance. Ils sonnaient toujours de la trompette quand ils arrivaient au relais, ou à destination et qu'ils avaient un embarras sur leur route. C'est ainsi qu'une vieille estampe représente un messager à cheval de Breslau, capitale de la Silésie en 1670. Les facteurs de la petite poste de M. de Chamousset étaient munis d'une sonnette pour avertir le public de leur passage et ne pas être confondus avec les Malles-Postes. Le cor postal est encore l'emblème qu'emploient les services de la Poste de l'Empire sur leur matériel. Ce triangle est consacré à l'ancien régime avec en tête le buste de Louis XI fondateur de la Poste.

Au croisement des bras de la croix se trouvent les plaques de la Révolution avec leurs boutons variés et ayant au-dessus deux boutons (n° 9), d'Inspecteurs des Postes de Napoléon Ier, qui sont d'un diamètre plus grand que les autres et d'une belle facture.

A gauche sont placées toutes les plaques créées par la Royauté du XVIIIe Siècle et à droite celles des Empires. En bas du groupe révolutionnaire se trouve celui de la République de 1848 et plus au-dessous le 4e type du 3e Empire. Les bras sont formés à gauche par les boutons aux armes royales et à droite par ceux du règne de Napoléon III.

Nous sommes arrivés en 1870, les trois modèles de plaques des Postes qui ont été mises en usage sont placés tout autour d'un portique formé de boutons de Poste avant la fusion. Ils font ainsi le principal motif de la deuxième planche. De chaque côté de leur ligne se trouvent des boutons après la fusion alternés jaune et blanc pour former un grand **T**, qui est l'initiale de télégraphe, le principal objectif de ce tableau. Au milieu, en effet, se trouve l'ancien carreau de Delft, reproduisant un poste télégraphique de Chappe. Et au-dessus la plaque et les boutons ornés créés par l'ancien régime.

Au-dessous se trouvent les trésors et postes des armées en campagne avec leurs boutons variés. Puis, plus bas, comme base de tout, une bande de plaques de postes particulières, avec quelques souvenirs tristes de l'époque néfaste du siège de Paris en 1870. En haut et en dehors du cadre se trouve un isolateur en porcelaine de couleur brune qui est le modèle que l'administration emploie aux colonies pour empêcher les indigènes de s'en servir trop facilement comme cibles à leurs flèches.

Le troisième tableau est consacré uniquement aux plaques et boutons des postillons et employés de relais, et aux autres costumes d'agents de transports. Aussi toutes les dispositions des objets tendent à faire dans la partie haute des **V** renversés (voyage), et dans la deuxième partie du bas des **V** normaux. En dehors des plaques de relais, il y a les plaques des maîtres de poste (n° 7) de **Dammartin, Nanteuil, Crépy-en-Valois, Bagnères-de-Luchon, Nismes**, des Messageries Générales : **Laffitte, Gaillard et Cie**, des **Messageries du Commerce**, des **Berlines Lyonnaises**, des entreprises générales : les **Françaises**, des **Omnibus de Lille**, de la **Compagnie générale des Omnibus** avec toutes ses variétés, des différentes voitures de transports du commerce, de l'entreprise **Dechenne et Cie**, qui est un modèle de gravure.

Il y a aussi les fiacres qui empruntent leur nom à celui de la demeure de l'inventeur nommé Sauvage. Son hôtel, en effet, s'appelait Hôtel Saint-Fiacre. Ce sont les anciens carosses inventés par les Français sous François Ier, pour la Reine qui était la seule à en posséder un. Eux aussi se servaient des relais de Poste. Le nombre en était devenu considérable à la fin du XVIIe siècle, mais l'usage en paraissait réservé aux grands et aux riches. Et il fallut toute l'initiative de M. Sauvage pour en faire des voitures publiques et les mettre à la disposition des particuliers comme nous les voyons encore de nos jours. Dès le début, elle portèrent un numéro d'ordre comme aujourd'hui. Et leurs cochers avaient une plaque avec anneau (n° 11), qu'ils portaient ostensiblement. L'une porte en légende : **Conducteur des voitures de remise** avec le numéro et l'année 1824 et l'autre : **Cocher de carosse de place** avec le numéro du livret en exergue et le nom du titulaire au milieu du rond.

En haut de ce cadre se trouve suspendu le compteur kilométrique du XVIIIe siècle en forme d'une grosse montre à quatre cadrans. C'était le précurseur du taximètre d'aujourd'hui.

La deuxième partie ne comprend que des plaques et boutons des employés de chemins

de fer, placés symétriquement en forme de
V normaux. Ils ont fait disparaître les anciens postillons et conducteurs, et avec eux
ces voyages poétiques en diligence, dont
Mme de Sévigné raffolait tant. Et ils leur ont
pris leur genre d'insigne. Au début, en
effet, tous les employés subalternes des
Compagnies de Chemins de fer avaient leur
plaque. Et nous voyons celles des conducteurs, facteurs, facteurs de ville, chargés du
service international de toutes les premières
Compagnies : Paris à Rouen, Nord, Saint-
Germain, etc., avec leurs plaques de ceinturons. Il y a celle des conducteurs de corres-
pondances, des boutons de Compagnies
disparues : Charente et Ouest. Tous ces
objets sont déjà dans le royaume du passé
et ont fait place à d'autres plus au goût du
jour.

Les montants et les angles des cadres ont
tous des attributs appropriés au groupe le
plus rapproché d'objets qu'ils renferment.

Appelés à conserver ces souvenirs des
temps écoulés, ils disparaîtront aussi un
jour. Mais avant j'ai voulu vous les faire
connaître et vous montrer qu'avec un peu
de volonté on peut encore découvrir un
genre de collection auquel personne n'a
songé, sans sortir même de la spécialité
qu'on a pu adopter. Livrez-vous donc au
plaisir de la collection, c'est un excellent
moyen de se distraire et de s'instruire, c'est
un procédé infaillible pour se rattacher à la
vie. Quand on a commencé, on ne peut plus
s'arrêter, il faut continuer. Et bientôt
l'amour que font naître les collections est si
impérieux que l'on dit comme moi en finissant : « ce sont nos meilleures amies. »

IMPRIMÉ

par

Lejay Fils et Lemoro

POISSY (S.-ET-O.)

Mars 1909

www.ingramcontent.com/pod-product-compliance
Lightning Source LLC
Chambersburg PA
CBHW060858180626
46818CB00004B/1755